LAVINIA
Aşk Şiirleri

W0355867

Özdemir Asaf (Ankara, 11 Haziran 1923 – İstanbul, 28 Ocak 1981) Danıştay Üyesi Mehmet Asaf'ın oğludur. Babasını kaybettiği yıl (1930) Galatasaray Lisesi'nin ilk kısmına girdi. 1934 yılındaki Soyadı Kanunu'yla 'Arun' soyadını aldı. 1941 yılında on birinci sınıfta, bir ek ara sınavla Kabataş Erkek Lisesi'ne geçip 1942 yılında mezun oldu. İki yıl İstanbul Üniversitesi Hukuk Fakültesi'ne, üçüncü sınıfa kadar İktisat Fakültesi'ne devam etti, o dönemde iki yıl olan Gazetecilik Enstitüsü'nün birinci sınıfını okudu.

İlk yazısı 1939 yılında *Servetifünun-Uyanış* dergisinde çıktı. Şiir, yazı ve çevirilerini *Amaç, Büyük Doğu, Dost, Edebiyat Dünyası, Kaynak, Küçük Dergi, Seçilmiş Hikâyeler, Servetifünun-Uyanış, Şadırvan, Türkçe, Türk Dili, Varlık, Yeditepe, Yenilik, Yirminci Asır* gibi dergilerde ve *Vatan* gazetesinin sanat sayfalarında yayımladı. *Zaman* ve *Tanin* gazetelerinde çalıştı, çeviriler yaptı. Bir süre sigorta prodüktörü olarak çalıştı. 1951'de Sanat Basımevi'ni kurarak matbaacılığa başladı ve kitaplarını 'Yuvarlak Masa Yayınları' adı altında yayımladı. 1972 yılında Bebek'te "Şimdi" isimli Biblio, Bar, Restoran açtı, yaşamının kalan süresinde mekânında sanatçı dostlarını ve her yaştan, her meslekten insanı ağırladı.

Özdemir Asaf, şiirlerinin özü ve sesiyle, dönemlerin ve akımların ötesinde, çağdaş Türk şiirinin en özgün isimlerinden biridir.

Yapıtları

Şiir: *Dünya Kaçtı Gözüme* (1955), *Sen Sen Sen* (1956), *Bir Kapı Önünde* (1957), *Yumuşaklıklar Değil* (1962), *Nasılsın* (1970), *Çiçekleri Yemeyin*, (1975), *Yalnızlık Paylaşılmaz* (1978), *Benden Sonra Mutluluk* (1984) **Etika:** *Yuvarlağın Köşeleri* (1961), *Yuvarlağın Köşeleri II* (1986) **Öykü:** *Dün Yağmur Yağacak* (1987) **Otokopi, Deneme:** *Özdemir Asaf'ça* (1988) **Çeviri:** *Reading Zindanı Balladı* - Oscar Wilde (1968).

Özdemir Asaf'ın
YKY'deki kitapları:

Çiçek Senfonisi *(2008)*
Kırılmadık Bir Şey Kalmadı *(2009)*
Dokuza Kadar On *(2010)*
Benden Sonra Mutluluk *(2010)*
Sen Bana Bakma, Ben Senin Baktığın Yönde Olurum -
Kendi Sesinden Şiirler *(2012)*
Yalnızlık Paylaşılmaz *(2014)*
Lavinia - Aşk Şiirleri *(2015)*

Bir Usta Bir Dünya: Özdemir Asaf
"Tüm Dünyayı Kucaklamak İstedim:
Kollarım Yetişmedi" *(sergi kataloğu, 2015)*

ÖZDEMİR ASAF

Lavinia

Aşk Şiirleri

Yüreğimin
tek sahibine,
Dodi'me...

YAPI KREDİ YAYINLARI

Yapı Kredi Yayınları - 4311
Şiir - 328

Lavinia - Aşk Şiirleri / Özdemir Asaf

Kitap editörü: **Fahri Güllüoğlu**

Kapak tasarımı: **Nahide Dikel**
Sayfa tasarımı: **Mehmet Ulusel**

Baskı: A4 Ofset Matbaacılık San. ve Tic. Ltd. Şti.
Otosanayi Sitesi Yeşilce Mah. Donanma Sok.
No: 16 Seyrantepe - Kağıthane / İstanbul
Tel: (0212) 281 64 48
Sertifika No: 12168

1. baskı: İstanbul, Şubat 2015
13. baskı: İstanbul, Ocak 2019
ISBN 978-975-08-3133-1

© Yapı Kredi Kültür Sanat Yayıncılık Ticaret ve Sanayi A.Ş., 2015
Sertifika No: 12334
Bütün yayın hakları saklıdır.
Kaynak gösterilerek tanıtım için yapılacak kısa alıntılar dışında
yayıncının yazılı izni olmaksızın hiçbir yolla çoğaltılamaz.

Yapı Kredi Kültür Sanat Yayıncılık Ticaret ve Sanayi A.Ş.
İstiklal Caddesi No: 161 Beyoğlu 34433 İstanbul
Telefon: (0212) 252 47 00 Faks: (0212) 293 07 23
http://www.ykykultur.com.tr
e-posta: **ykykultur@ykykultur.com.tr**
İnternet satış adresi: **http://alisveris.yapikredi.com.tr**

Yapı Kredi Kültür Sanat Yayıncılık
PEN International Publishers Circle üyesidir.

İçindekiler

Özdemir Asaf'ın yazdığı aşk şiirlerinden bir seçme yaparak
Lavinia kitabının hazırlanması için değerli katkılarını esirgemeyen
Sayın Pınar Ekinci'ye teşekkür ederiz.
Özdemir Asaf Ailesi

Lavinia
Aşk Şiirleri

Yaşam öyküleri, sanıldığınca karışımsız
değil, karışımlıdır.

Her bir yaşam öyküsü, öbür yaşamların
parçacıklarıyla tamamlanır.

TAŞ YAZI

Gülüş bir yanaşımdır bir öbür bir kişiye
Birden iki kişiyi döndürür bir kişiye
Anılarından kale yapıp sığınsa bile
Yetmez yalnız başına bir ömür bir kişiye.

BUGÜN VE BUGÜN

Öyle çabuk geçiyor ki günler.
Hele sen de bir bak hayatına.
Daha dün doğmuşuz sanki.
Yeni okula başlamışız,
Yeni sevmişiz.

Öyle çabuk geçiyor ki günler.
Hele sen de bir bak hayatına.
Yarın bitecek sanki her şey.
Yarın ölecek gibiyiz.

Daha doymamışız yaşamasına.
Günlerimiz dün bir, bugün iki.
Sakın bir şey bırakma yarına.
Yarın yok ki.

SABAHA KADAR

Dünya o kadar büyük ki;
Bir noktayım ortasında, ne yapsam.
Bazan da o kadar küçülüyor ki dünya,
Devrilecek sanıyorum, kımıldarsam.

Hayat o kadar uzun ki,
Öyle bitmez geliyor ki bir an..
Bir de bakıyorum, o kadar kısalıyor ki;
Ne çıkar, diyorum, bir hayattan.

Saadet o kadar lâzım ki yaşayana;
Billâhi can verir uğrunda insan.
Hem o kadar boş ki mesud olmak,
Gün yüzü görmeden ölenlerin arkasından.

Ben o kadar önemli kişiyim ki,
O kadar iyiyim ki aklım ve düşüncelerimle.
O kadar da fenayım ki ben
Delice niyetlerimle.

Gece; ne kadar karanlık ve sessizsin..
Öyle kaplayorsun ki evleri, yolları, denizleri.
Hem o kadar aydınlık ve seslisin ki;
Çılgınca coşturuyorsun bizleri.

Sabah; bir yeni dünya gibi geliyorsun;
Öylesine süslü, öylesine saadesin ki..
Sen o kadar güzelsin ki sabah,
O kadar güzelsin ki.

ULTRA

Bir kelimeye
Bin anlam yüklediğim zaman
Sana sesleneceğim.

UZUN BİR ÖYKÜ

Hiç kimsenin kafesine
Koyamayacağı bir kuş..

Kaçmasını öylesine
Uçmasını böylesine
Unutmuş.

Bir insan sesine
Gelip konmuş.

İSTEYORUM

Rüzgâr mı dedim..
İsterim ki saçların dağılsın.
Gece mi dedim..
Hemen düşüncelere dalmalısın.

Aşk der demez
Kalbin hızlı çarpmalı.
Sabah, dememe kalmadan
Uyanmalısın.

KIVILCIM

Ama ben en çok şeyi
En kısa zamanda sana söyledim..
Yalnız sana.

KONAK

Sen gelirken ağlamıştın,
Orası için.
Bil, gidersen de ağlayacaksın,
Burası için..

360 DERECE

Dünyanın nüfusu ikiye bölünüyor,
Yarısı sen oluyorsun, yarısı ben..
Sonra ikimiz bir bütün oluyoruz,
Kimseye sezdirmeden.

PERSPECTİF

Senin içine girdiğim zaman
Dışımda kalıyorsun.
Senin dışından sana bakınca
İçime sığmayorsun.

BAĞLI

Beni öyle bir yalana inandır ki,
Ömrümce sürsün doğruluğu.

YALIN

Her seven
Sevilenin boy aynasıdır.
Sevmek
Sevilenin o aynaya bakmasıdır.

EVRENSEL BALLAD

Bir öykümüz olsa, duyan öyküsü sansa..
Öykümüz böylece dallanıp-budaklansa..
Bir sevi'den, bir övü'den, o bizim öykümüzden
Giderek buluşan eller evreni sarsa..
Öykümüz de büyür büyüklüğümüzden;
Herkes sevi'sinde evreni kucaklarsa.

YOL'UN

Biri olsa burada, yanımda ya karşımda..
İstediği bir yerde o birden inse bile,
Ben onu götürürüm duyularla aklımda..
İnince benim yüzüm onda silinse bile.

AŞK

Sen kocaman çöllerde bir kalabalık gibisin,
Kocaman denizlerde ender bir balık gibisin.
Bir ısıtır, bir üşütür, bir ağlatır, bir güldürür;
Sen hem bir hastalık hem de sağlık gibisin.

SÖZ ARAMIZDA

İkimiz de herkes gibiyiz.
Neden kendi bakışlarını bırakıp
Yapmacık gözlerle bakar,
Neden çerçevesini bozarsın dudaklarının.
Allı pullu tavırlara kim kanar.

Söz aramızda,
İkimiz de herkes gibiyiz
Çırılçıplak olduğumuz zaman.
Yinlerimiz doğru söyleyor,
Elbiselerimiz yalan.

SISYPHE

Seni öylesine düşündüm ki,
Öylesine, yaşama'dan önce.
Senden başka bir şey yok sanki.
Ama nasıl da varsın derim sana,
Düşüncelerimce.

Seni öylesine, buldum ki,
Öylesine, kendimden fazla.
Yalnız sensin gölgesiz,
Ayrılmamacasına, yanımda..
Akların arasında karan,
Karaların ortasında akınla.

Öylesine istedim ki seni,
Senden önce..
Öylesine, her şeyin içinde,
Öylesine dışında,
Gün, gece.

Seni öylesine yaşadım ki,
İnan..
Artık nereye baktığım belli değil,
Ne yaptığım belli değil,
Vardığım sonrasızlıktan.

2 = 1

Kim o, deme boşuna..
Benim, ben.
Öyle bir ben ki gelen kapına;
Başdan-başa sen.

TENTATION

Bana yaşadığın şehrin kapılarını aç..
Sana deyeceklerim söylemekle bitmez.
Yıllardır yaşamamdan çaldığım zamanlar
Adına düğümlendi.

Bana yaşadığın şehrin kapılarını aç..
Başka şehirleri özleyelim orada seninle.
Bu evler, bu sokaklar, bu meydanlar
İkimize yetmez.

DUVARA ASTIĞIM

Ölünceye kadar seni bekleyecekmiş,
Sersem.
Ben seni beklerken ölmem ki..
Beklersem.

IXION

Gelmem dediğime bakma.
Eğer geliyorsam,
Eğer gideceksem..
Bırakma.

ÜÇÜN

Bir kelimenin yanına bir kelime gelince,
Bir sesin yanına bir ses gelince,
Bir insanın yanına bir insan gelince..
Büyürler, büyürler, büyürler ölümden önce.

GÖRÜ

Ne iyi olurdu, herkesin,
... Ben yalan söyleyebilirim,
Ama sana değil...
Bir, sen'i olsaydı..
Ne iyi.

Şimdi herkesin bir sen'i var.
Yalan söylediği.

NOKTASIZ

Biri gelir sorarsa
Sana beni sorarsa
Gitti der misin
Gittiğimi söyler misin
Gidiyorum ben sana
Benimle gider misin.

BİR-BİR

Seni bende, beni sende arayorlar,
Beni senden, seni benden tanıyorlar,
Bir birim gibiyiz tümünün gözünde,
Yarım'larımızı bütün sanıyorlar.

SÖZ

Benim en sevdiğim söz senden duyduğum ben'dir.
Hep yinelediğim söz sana koyduğum ben'dir.
İyi olmak adına bilgiç olmak istemem,
Seni senlediğim söz, bir-bir oyduğum ben'dir.

KATMER

Bensiz seni/benden başkası anlamaz,
Sensiz beni/senden başkası anlamaz,
Senden, benden/bize olanca varmadan
Bizsiz bizi/bizden başkası anlamaz.

SENDEN

Seni, senden de yakın, yalnız ben tanıyorum,
Sana, seni en sıcak bir ben anlatıyorum.
Kimse varamaz senin ben kadar yakınına;
Çok zamanlar kendimi sanki sen sanıyorum.

Sana seni anlatsam, anlatırım kendimi.
Sende seni ararken kendimi arayorum.

ÖZLEM

Bir gece,
Gecede bir uyku..
Uykunun içinde ben..
Uyuyorum,
Uykudayım,
Yanımda sen.

Uykumun içinde bir rüya,
Rüyamda bir gece,
Gecede ben..
Bir yere gidiyorum,
Delice..
Aklımda sen.

Ben seni seviyorum,
Gizlice..
El-pençe duruyorum,
Yüzüne bakıyorum,
Söylemeden,
Tek hece.

Seni yitiriyorum
Çok karanlık bir anda..
Birden uyanıyorum,
Bakıyorum aydınlık;
Uyuyorsun yanımda..
Güzelce.

ÇAĞRI BALLADI

İçimiz dışımıza kolay yansır,
Saklasak saklamasak.
Ön yargılardan uzak
Eğilip içimize baksak..
Dışımız içimize yansımıyorsa
Bir şey var ya da yoktur
İkimizden birinde.
Biri öbürünü ısıtmıyorsa
Bir de içimize baksak.

Belki derinde, taa derinde.
Sen benim yerimde
Ben senin yerinde
Unutulmuş olabiliriz;
Birbirimizi uyandırsak..
Desek birbirimize
Haydi kalk
Gidelim yerlerimize;
Belki birbirimizi bulabiliriz.

KÜÇÜK EV

Hangi eve
Başımızı soktuysak..
Yer yerinden oynadı
Aşkımızdan.

Büyük aşklar
Eve sığmaz diye
Bir şair sözü vardır da,
Ondan.

TABLO

Kedi kadının yanındaydı,
Kadın gecenin yanındaydı.

Kedi gitti geceye değdi,
Karardı,
Döndü kadına değdi.

Bir kadın portresi belirdi;
Elinde siyah bir gül vardı,
Kucağında kırmızı bir kedi.

SAÇLARI

Bilmeyorum ne vardı saçlarında..
Rüzgâr mı delice eserdi,
Gözlerim mi öyle görürdü yoksa..
Saçlarının her haali hoşuma giderdi.

ALFA

Senin saçların niçin kumral,
Niçin siyah, niçin beyaz..
Ellerin niçin konuşur,
Niçin konuşmaz..

Niçin güler gözlerin,
Baktıkça..
Niçin gülmez,
Yakınlaştıkça, uzaklaştıkça.

Niçin bir şey beklemeyorsun,
Yarınlardan..
Niçin ağlayorsun, neden ağlamayorsun,
Yaşanmışlardan.

Bilme, niçin biliyorsun..
Seni saran aşkların farkındasın, şiirlerle.
Unutmak isteyorsun, unutamayorsun,
Aynı kelimelerle.

Senin saçların niçin öyle..
Siyah, beyaz, kısa, uzun..
Öldürmekten daha ağır bir-şey..
Niçin anlayorsun.

SENİ SEYREDERDİM

Saçların uçuşurdu rüzgârdan.
Yanından seni seyrederdim.
Güneş yakardı, deniz yanardı..
Sen konuşurdun, dinlerdim.

Gülerdin..
Susardın, düşünürdün.
Benimle el-ele yürürdün..
Yol biterdi.

Görmezdim seni..
Zaman yıl yıl geçerdi.
Uzaktan, çok uzaklardan
Seni seyrederdim.

SAYGI

Sana güzel deyorlar;
Sakın olma.

ANLAM

Sen bana
Sen desen de, demesen de olur.
Ama ben sana sen deyeceğim.
Düşün dur.

AKIL GÖZÜ

Seni bulmaktan önce aramak isterim.
Seni sevmekten önce anlamak isterim.
Seni bir yaşam boyu bitirmek değil de,
Sana hep hep yeniden başlamak isterim.

AŞK ŞARKISI

Ellerini ver, öpeceğim.
Binlerce el içindeyim,
Şu beyaz çizgilerden gideceğim.
Ellerini ver, ver ellerini..
Seni öldüreceğim.

Gözlerinden gireceğim,
İçinde yer edeceğim.
Sana oradan sesleneceğim;
Ellerini ver, ver ellerini..
Seni öldüreceğim.

YÖN

Sen bana bakma,
Ben senin baktığın yönde olurum.

SANI

Yüz-binler içinde ikimiz ağlayoruz.
Doğrularımız bir, yalanlarımız ayrı.
Korkarım ki ikimiz de anlayoruz,
Başka başka şeyleri aynı.

UZUNCUK

Gitme, dur, konuşalım.
Yataklara tek kelime kalmasın.

İKİLEM

Sevgi ise, sevişeceğiz seninle..
Kavga ise, dövüşeceğiz seninle..
Ölümü de paylaştığımız yaşamda
Ortaklaşa bölüşeceğiz seninle.

ALTINCI GÜN

Benim söylemek için çırpındığım gecelerde,
Siz yoktunuz.

INCOGNITO

Seni görünce
Aynı anda geçer aklımızdan
Aynı düşünce..
Bir duvar gibi aramızdan.

BAŞKA FREKANS

Vurdun, acısı daha geçmedi,
Biliyorum, geçecek.
Ama öyle ağır konuştun ki ardından.
O, gittikçe gerçek.

DÖNÜŞ

O senin ardından gitti,
Umudun payını beklemeden.
Gitti, bütün seni yitirdi.
Sen de bittin, dönerken.

DİYEK

Türkiye'de İstanbul ne ise,
İstanbul'da gece ne ise,
Gecede yürümek ne ise,
Yürürken düşünmek ne ise,
Seni unutmamacasına düşünmek ne ise,
Unutmamanın anlamı ne ise,
Seni sevmek ne ise,
Saklayayım, yok söyleyeyim derken
Birden aşka düşmek ne ise.
Her neyse..

CİZİK

Geleceğim, bekle dedi, gitti..
Ben beklemedim, o da gelmedi.
Ölüm gibi bir şey oldu..
Ama kimse ölmedi.

BOŞ

Ben kendimi
Sensizliğe alıştırıyorum.
Sen de kendini
Bensizliğe alıştır deye.

AŞKA GEREKLİ ÜÇ ANLATIM

Uzun bir gün varsa, ve de kısa bir gece..
Başladıktan sonra, bitme'den öncedir.
Kısa bir gün varsa, ve de uzun bir gece..
Bittikten sonra, başlama'dan öncedir.

İkisinden ikisi de, deyorsa bence;
Ayrı ayrı iki insan demektir.
Biri deyorken sence, öbürü derse sence..
İki insan ayrı ayrı demektir.

Başladıktan sonra, bitmeden önce,
Uzun günlere karışır kısa bir gece.
Bittikten sonra, başlamadan önce,
Kısa günlere uzanır, uzun bir gece.

SESİNİZ

Siz gittiniz, gittiniz, gittiniz,
Ben kaldım, kaldım, kaldım,
Sesiniz kaldı, onda kaldım,
Yöneldim yüzünüze baktım,
Yöneldim gözlerinize baktım,
Orada yansıyan bana baktım.
Yalnızlığımı nasıl anlayacaktım.

KALDIM

Seni düşlerime aldım,
Uykusuz kaldım.
Seni uykularıma aldım,
Düşsüz kaldım.
Başıma aldım, sensiz;
Gönlüme aldım, başsız,
Sensiz, yollarda pulsuz,
Pullarda mektupsuz kaldım.
Sana adlar aradım..
Ardında adsız kaldım.

AYRIK EŞİTLİK

Gördüler ayrı-ayrı vardıkları yerde,
Sonsuza-dek sürecek yanlışlıklarını.
Gördüler ayrı-ayrı kaldıkları yerde,
Ayrı-ayrı büyüyen yalnızlıklarını.

ANSIZIN

Ben sensiz olanlara seni aratıyorum,
Ben sensiz kalanlara seni yaratıyorum,
Seni saklayacağım, seni yazıp-andıkça
Kendimi çoğaltıyor, seni kuşatıyorum.

Unutturmayacağım, seni yaşatacağım,
Kendimi çoğalttıkça seni kuşatacağım,
Her zamanda, her yerde sen bende yaşadıkça
Sen evreninde sana seni aratacağım.

BEKLEYEN ŞARKI

Sizin için yola çıkmış bir şarkı,
Düşünülmüş gözleriniz üstüne.
İçin-için yaratılmış bir şarkı,
Bırakılmış yollarınız üstüne.
Sizsiz sizi yaşanılmış bir şarkı.

Seslerini uzağınız derledi,
Sözlerini kulağınız derledi,
Anlamını dudağınız derledi,
Sizsiz size uzanılmış bir şarkı;
Özlemini kucağınız derledi.

YALNIZLIK

Ben hep senin çağrını çaldım,
Senden sessizlik yanıtı geldi.
Gelecekten beklenen ses yerine,
Geçmişin anısızlık anıtı geldi.

KELİMELER... KELİMELER...

Yarıda kalmış aşkların hesapları içinde
Denizlere açıldı içimizden biri
Niçin gittiğini söylemeden.
Doyulmamış arzularla doluydu yelkenleri.
Yıpranmış kelimelerin verdiği güvenden.
Bulacak sanıyordu yenilikleri.

Her an bir yeni su vardı,
Her yeni suda bir yeni an.
Deniz, dalgalarıyla gösteriyordu dışından
Yaşananla düşünülenler arasındaki farkı.
Bitmeyordu köpüklerle renkler
Bir başka damlada, bir başka ışıkta başlamadan.

Gözlerin önünde bir oyun, ardında bir oyun.
Dışında ne varsa yeni, ne varsa gerçek.
Yeni manzaralarla gelen yeni duygular
Hani, eski kelimelerle olmasa
İnsanın ömrünce devam edecek.
Gözlerin önünde bir oyun, ardında bir oyun.

Anladı, ölmekle yaşamanın birleştiği noktada
Yeni rüzgârlarla esen yeni korkulara
Yeniliklerini bağışlamayan kelimelerin
Nasıl düşman sığınaklar halinde direndiğini.

Anladı, bütün olmuşlarla olanların
Ve bütün olacakların
O kelimelerin içinde
Kendisine varmadan eskidiğini.

MESAJ

Ölebilirim genç yaşımda,
En güzel şiirlerimi söylemeden götürebilirim.
Şimdi kavakyelleri esiyorken başımda,
Sevgilim,
Seni bir akşam-üstü düşündürebilirim.

BEN DEĞİLDİM

Bir akşam-üstü pencerenden bakıyordun
Ağır ağır, yollara inen karanlığa.
Bana benzeyen biri geçti evinin önünden.
Kalbin başladı hızlı hızlı çarpmaya..
O geçen ben değildim.

Bir gece, yatağında uyuyordun..
Uyanıverdin birden, sessiz dünyaya.
Bir rüyanın parçasıydı gözlerini açan,
Ve karanlıklar içindeydi odan..
Seni gören ben değildim.

Ben çok uzaktaydım o zaman,
Gözlerin kavuştu ağlamaya, sebebsiz ağlamaya.
Artık beni düşünmeye başladığından
Bıraktın kendini aşk içinde yaşamaya..
Bunu bilen ben değildim.

Bir kitap okuyordun, dalgın..
İçinde insanlar seviyor, ya da ölüyorlardı.
Genç bir adamı öldürdüler romanda.
Korktun, bütün yininle ağlamaya başladın..
O ölen ben değildim.

PAY

Ben pırıl pırıl bir gemiydim eskiden.
İnanırdım saadetli yolculuklara.
Adalar var zannederdim güneşli, maavi, dertsiz.
Bütün hızımla koşardım dalgalara.
O zaman beni görseydiniz.

Ben pırıl pırıl bir gemiydim eskiden.
Beni o zaman görseydiniz
Siz de gelirdiniz peşimden.

Ama şimdi şu akşam saatinde
Son liman kendim, bu döndüğüm,
Bilmiş, bulmuş, anlamış.
Hatırımda, bir vakitler güldüğüm.
Yoluna can serdiğim o kaçış.

Şimdi, şu akşam saatinde
Dönüyorum görmüş, geçirmiş, atlatmış,
Gözlerin doymayan sahilinde.

O GECE

O gece ben olmayacağım.
Utancımdan bakamadığım aynalarda
Güldüğünüzü görecek
Anlayacaksınız.

Her gece birinin olmadığı gecedir.
Gecelerinizi karıştıracak gitgide
Olmayanlarınızın çoğalması.
Benim olmadığımı duyduğunuz bir gece
Korkacaksınız.

Şimdiden düşünüyorum son kalanımızı
Son gidenimizin bu gecesinde.
Ama bir gece olacak, ortalarda bir gece..
İçinde siz de olmayacaksınız,
Ayrıca.

ŞARKILAR

Her şarkının götürdüğü yer başka,
Hepsi başka başka sinmiş içime.
Biri, Büyükdereye götürüyor,
Biri on altı yaşımın Kadıköyüne.

Kimse sevgimi bilmez şarkısı
Eskiden ağlatırdı beni;
Şimdi düşündürüyor.

SENSİZ

Sensiz de denizi seyredebiliyorum.
Hem dalgaların dili seninkinden açık.
Ne kadar hatırlatsan kendini boş.
Sensiz de seni sevebiliyorum.

Hep boş konuşurduk hatırlar mısın, bula bula,
Karşılaştığımız zamanlarda.
Sen, sevgiden şımaran çocuk,
Ben şaşıran budala.

GÖLGENİZ

Bir zamanlar yaralanmış gölgeniz
Yalnızlığa ısılanmış geliyor..
Şiirlerde şarkılaşmış seslerle
Duyularla durulanmış geliyor..

Her uykumda uyanıyor gölgeniz,
Gözlerime uzanıyor gölgeniz,
Karanlıkta ışıklaşmış renklerle
Özlemime boyanıyor gölgeniz.

GÜLDEN GELEN

Açılmış bir gül kadar bütündür solmuş bir gül.
Dalından başlayan bahçeleri düşündürür.
Soğumuş özlemlerin uzak kuytularından
Kucaklar bir kadını, bir anıya öptürür.
Yalnızlığının yorgun ılık uykularından
Alır onu tomurcuk günlerine götürür.

SENİ SAKLAYACAĞIM

Seni saklayacağım inan
Yazdıklarımda, çizdiklerimde,
Şarkılarımda, sözlerimde.

Sen kalacaksın kimse bilmeyecek
Ve kimseler görmeyecek seni,
Yaşayacaksın gözlerimde.

Sen göreceksin, duyacaksın
Parıldayan bir sevi sıcaklığı,
Uyuyacak, uyanacaksın.

Bakacaksın, benzemeyor
Gelen günler geçenlere,
Dalacaksın.

Bir seviyi anlamak
Bir yaşam harcamaktır,
Harcayacaksın.

Seni yaşayacağım, anlatılmaz,
Yaşayacağım gözlerimde;
Gözlerimde saklayacağım.

Bir gün, tam anlatmaya..
Bakacaksın,
Gözlerimi kapayacağım..
Anlayacaksın.

LAVINIA

Sana gitme demeyeceğim.
Üşüyorsun ceketimi al.
Günün en güzel saatleri bunlar.
Yanımda kal.

Sana gitme demeyeceğim.
Gene de sen bilirsin.
Yalanlar isteyorsan yalanlar söyleyeyim,
İncinirsin.

Sana gitme demeyeceğim,
Ama gitme, Lavinia.
Adını gizleyeceğim
Sen de bilme, Lavinia.